LA CORRECTION PROVINCIALE.

MOI, combattre un Héros de la Littérature, l'Achile du Parnasse ? Je n'ose vous complaire jusqu'à ce point : l'amitié doit-elle se prêter à vos desirs aux dépens de la gloire ? Ai-je des armes suffisantes contre un tel adversaire ? Le combat seroit inégal : pensez donc que je suis de la Province ; quel ridicule à moi de l'oublier !

Et d'ailleurs, un bel-esprit de Paris, grand critique lui-même, souverain Juge à la Cour d'Apollon, est-il homme à reconnoitre d'autres tribunaux que le sien ? pourroit-il soutenir le personnage d'accusé devant ce Public, dont il a soutenu de tout son esprit, la cause & l'interêt contre le Prince des Acajous ? Il est en droit d'imiter le fameux Scipion ; & sçachez que les grands hommes de la République Littéraire, valent bien ceux de la République Romaine.

On l'a critiqué, me direz-vous, je n'en doute nullement ; il le mérite ; & le plaindre, c'est le parti d'un galant homme. Quoi donc ! voulez-vous assommer un Auteur, ou plutôt un pere malheureux, de n'avoir pas mis au monde un bel enfant ? Est-on maître de cela ? Prétendez-vous enfin que pour comble d'infortune (car je ne conçois rien de plus cruel) un premier né Lirique, soit étouffé presque en naissant par des mains Provinciales ? C'en est trop ; & je craindrois pour moi d'insulter au lion expirant de la fable : un *bis videor mori*, qu'il pourroit me dire n'est-il pas terrible ?

Que les Cignes de Paris se disputent la gloire de mieux chanter sur les rives de leur Méandre ; qu'ils ne permettent jamais aux foibles voix d'éclater parmi leur troupe aimable ; qu'ils punissent même des efforts téméraires ; cet emploi leur appartient ; l'honneur le demande : mais que des oiseaux étrangers, & faits pour croasser dans la Province, osent réformer les concerts de la Seine, ou seulement ne les pas trouver admirables ; ô l'ignorance ! ah l'indignité ! lire, & se taire, est donc notre partage à nous autres Provinciaux ; trop heureux encore que le païs des merveilles daigne nous faire part de ses nouveautés : & que notre admiration respectueuse soit la seule reconnoissance qu'il exige de nous ; quelle générosité ! Paris met en tout de la grandeur ; mais parlons sérieusement ; je sens que la vérité me force ; c'est le Dieu qui m'obséde : *Deus ecce Deus*...

Il triomphera donc cet Abbé Lirique ; & dans sa Lettre au sujet de ses conquêtes, il a pris le ton d'un Vainqueur : son Ode, nous dit-il, a le sort des bons Ouvrages ; les Cerberes du Parnasse ont aboyé..... quels termes dans la bouche des Graces ! car enfin tout Paris le regarde comme leur plus cher éleve : on l'a gâté par les loüanges ; sa plume, dit-on, est fort légére... & son esprit l'est encore davantage.

Le Public exige de lui qu'il porte un jugement de son Ode, (car Monsieur, ou Madame, si-tôt que l'Ouvrage va sous la presse, ne veut dire que le Public) ; c'est le sujet de sa Lettre que ce jugement dont il parle : mais comment le fait-il ? Il tombe sur le cordon d'Archange, il enfile vite les éloges des plus fameux Liriques ; il nous dit en passant qu'il est un beau rejettòn de Malherbe ; il rend à son confrere en critique son encens pour ainsi dire tout chaud, (ce qui m'a fait souvenir d'un méchant proverbe à l'usage des Ecoliers ; *asi*....

je n'ose le dire, & vous le devinerez) il turlupine le caffé de Procope, & le ton de la bonne compagnie;... il se lasse à la fin de voltiger, & sans doute qu'en se taisant, il va se reposer dans son triomphe.

C'est-là comme il rend compte de ses conquêtes : n'est-ce pas se mocquer du Public, abuser de sa patience, & le joüer sans retenuë ? N'est-il donc plus de justice au Parnasse; & la Critique qui veille sur les autres, ne dormiroit-elle que pour lui ?

Vous me paroissez fort tranquilles, vous autres Parisiens; & vous craignez peut-être, vous tout le premier, ces traits satyriques & mordans, que sa Muse étourdie se plaît à lancer dans certaines feüilles, où je remarquai toujours plus de style que de goût, plus d'esprit que de jugement : sçai-je moi, si vous ne redoutez pas encore le gros Pandour de la Critique, dont les brigandages hebdomadaires font tant de bruit dans le Païs des Lettres : à ce que je vois, il couvre son jeune éleve de toutes ses armes; & j'avoüe que deux gladiateurs litteraires qui s'entendent comme ceux-là, ne laissent pas d'effrayer la Province même : ceci n'est point un badinage.

Cependant la présomption éclate, l'erreur triomphe, la satyre mord, le mauvais goût domine, la fureur des vers se déchaîne : quand la vérité l'emportera-t-elle ? Son vengeur est encore à paroître, & le goût qu'on outrage impunément ne soupire plus qu'après lui : je n'ose vous écrire ses plaintes qui vous perceroient le cœur : *Exoriare aliquis*.... c'est-là son cri perpétuel.

Ne dites pas qu'on méprise trop l'Ode sur les conquêtes, pour la relever; qu'il faut ensévelir de tels essais dans les ténébres de l'oubli, qu'enfin un mauvais Ouvrage tombe de lui-même : tous ces beaux raisonnemens-là n'empêchent pas la vanité de se complaire,

& de s'applaudir. Par malheur les critiques trop foibles pour cette Hidre litteraire, n'ont pû malgré leur effort abbattre toutes ses têtes ; le Monstre va s'élever avec plus de violence ; ah ! qu'il nous seroit glorieux de lui trouver un Hercule ! mais où le prendre dans la Province ?

En attendant que Paris nous le fournisse, je vous envoye la Correction Provinciale ; bientôt vous recevrez de votre intime ami & le mien, son Ode sur la Campagne du Roi... L'amitié à part, j'en ai bonne opinion ; ce n'est pas son coup d'essai pour le lirique, ni le mien pour la décision ; mais le Poëte & le Juge, tout est de la Province.

Quoiqu'il en soit, l'Ode Provinciale, par la ressemblance du sujet, & par le contraste de l'exécution, peut servir de critique à celle de l'Abbé, de réponse à sa derniere Lettre, & de réfutation à toutes ses invectives futures. On corrige mieux par l'exemple, que par la satyre : faites-le vous-même, vous dit un esprit irrité ; je voudrois bien vous y voir... & c'est-là justement ce que je vais faire ; de l'humeur dont je me sens ; prose & vers tout ira bien : pourvû cependant que vous me permettiez de m'égayer sur la matiere à ma façon, & comme vous diriez à la Provinciale, sans quoi je quitte la partie. Au reste la Correction se fera solidement ; & vous verrez que je suis l'homme aux preuves, un homme qui prêche d'exemple.

Il ne manque à l'Ode sur les conquêtes du Roi, que le jugement dans l'Ordonnance, & que le goût dans le détail : au demeurant l'Ouvrage est estimable, & par la bonne volonté de l'Auteur, & par la magnificence du sujet qu'il traite. J'ai dit le goût dans le détail ; car tout l'esprit du monde ne fait pas le goût ; encore moins le génie : & l'Ode est une espéce de poësie, si difficile pour l'exécution, qu'on peut la regarder comme le chef-d'œuvre du Poëte, & l'écüeil du bel-esprit.

Convenoit-il pour l'Ordonnance de la piéce, qu'un monstre se chargeât de l'intrigue? La guerre sort des enfers, & sous la figure engageante qu'on lui connoît, (& que le Peintre a parfaitement bien renduë) vient solliciter un Roi pacifique, l'attirer aux champs de Mars; enfin le conduire à la gloire par le chemin de la vertu: ce qui renverse nos idées, & choque le bon sens; puisque la guerre est un monstre à forfaits, un cruel ennemi qui ne conseille que le crime; ce qu'elle avoüe elle-même dans la troisiéme Strophe.

La belle voix pour persuader, & la belle main pour faire des présens que celles d'un tel personnage! imaginez-vous la grace & la douceur. C'est un exemple heureux de la politesse Françoise: ah que cette nation est galante de nos jours! autrefois c'étoit la mere du Héros qui lui apportoit les armes fatales; ou bien quelque Dieu de la parenté se chargeoit tout bonnement de la commission: dans Homére c'est Thétis pour Achile; dans Virgile, c'est Venus pour Enée; on n'y faisoit pas plus de cérémonie, & nos bons Anciens s'en tenoient là. Mais cette maniere a-t-elle rien de touchant, rien de la belle galanterie? Parlez-moi de nos Modernes qui vous évoquent des enfers les plus horribles monstres, pour faire les plus beaux présens.

Le moyen de résister, quand cela est encore accompagné des graces de la personne, & des charmes de la voix! ce monstre, que désormais la France doit revérer comme son génie tutélaire, sort des enfers; & fait entendre sa voix guerriere aux oreilles de Louis, mais avec tout le succès imaginable: la divine voix de Pallas qui descend du Ciel, a-t-elle dans Homére tant de puissance sur le fier Achile?

Je ne ſçai trop, ſi le monſtre n'a pas l'avantage ſur la Déeſſe : à ſa parole, notre Achile ſe rend ; il faut tirer l'autre par le bras ; ſans compter que le ſujet de l'Ambaſſade fait plus d'honneur : là Pallas arrête ſon Héros, qui veut faire des ſottiſes : ici la guerre vient animer le ſien à la gloire ; il ne faut que réveiller ſa valeur endormie : mais gourmander l'autre dans ſa fureur, la belle commiſſion pour une immortelle !

Admirez comme dans l'Abbé, le monſtre n'a qu'à paroître devant ſon Héros, avec ſes petits agrémens d'enfer, pour le gagner ; tandis que dans Homére la Déeſſe avec tous les charmes du Ciel, a bien de la peine auprès du ſien. Cleopatre fut bonne de ne pas employer pour Auguſte, le même ajuſté que la guerre pour Louis : les Achiles n'aiment point l'afféterie ; & parlez-moi d'une voix formidable, & d'un viſage affreux pour les toucher : le bruit d'une cohorte noire, des traces ſanglantes, l'image de la mort, voilà ce qui les charme, ce qui les attire : & non pas vos airs divins, vos voix céleſtes : ils reſſemblent tous à leur maître, & leur pere le Dieu Mars, *Quem juvat clamor galeæque læves*...

Cependant je ſuis un peu fâché qu'un monſtre infernal ait tant de mérite : c'eſt lui qui forme le nœud de la piéce, en conduit l'interêt, y jette des incidens de l'action, des ſurpriſes, des coups de théatre, & beaucoup de ſpectacle : le dénoüement eſt des plus heureux ; car le Héros entre dans le péril par la guerre, pour en ſortir par le triomphe : ne ſeroit-ce point une eſpéce de Tragédie ?

Les unités ſeules m'embarraſſent ; & le Poëte y parle, ſans doute pour ſoulager la guerre qui s'incommoderoit : auſſi voit-on que Bellone lui ſuccéde dans l'emploi de haranguer ; & comme il falloit abſolument trois diſcours, par une fineſſe de l'art que tout le monde ne sent point, on introduit un Monstre femelle pour fournir à tant de babil, sous le nom de deux grandes Divinités, la Guerre & Bellone, dont l'Auteur dispose comme il lui plaît : encore faut-il que lui-même se mêle de la conversation, la releve de tems en tems, crainte de lasser les discoureuses; à moins qu'on ne dise qu'il veut par-là distinguer mieux les trois harangues, que je trouve d'une fort éloquente longueur.

J'avoue que cela ne fait pas un Drame à la Françoise; mais c'en est un peut-être à la Turque : le nom d'Ode n'y fait rien, & sçai-je moi tous les goûts dramatiques qui regnent sur la terre ? On l'appellera, si vous le voulez, un nouveau Lirique : n'avons-nous pas un nouveau Comique ? Multiplions les genres d'écrire & varions les espéces : c'est enrichir le Public, c'est multiplier le plaisir. La grande régle en France est de plaire ; & la Fontaine qui le dit, se rend inimitable en le pratiquant.

Ce Liri-dramatique peut trouver des admirateurs, mais ce qui n'en doit point avoir, c'est un monstre infernal à qui l'Auteur fait jouer le plus grand rôle sur le théâtre du monde : il faut bien que l'enfer soit une Académie de politique; une Ecole de l'art militaire, & de toutes les vertus : que d'éloquence, & quelle dignité dans ce Monstre ! les Diables de Milton ne lui sont pas comparables. Aussi le Savoyard a-t-il accusé nos François de quelque diablerie : voilà justement le mistére découvert, & le Monstre célébre avoit obsedé nos Soldats; c'est un faiseur de prodiges.

Si l'on en croit pourtant l'histoire & la tradition, Messieurs les Infernaux ne sont pas de fort honnêtes gens ; ils vivent mal en leur manoir, & Virgile les y peint dans un affreux désordre, au grand scandale de toute la terre. Mais l'Abbé peut avoir mis la réforme dans ce païs-là, quelque Miſſion poëtique aura fait ce miracle : & je ne m'étonne plus, s'ils font de ſi beaux rô es ſur le théâtre de l'Opera : la fureur, la diſcorde, & la guerre y rempliſſent toutes les Scenes, on leur fait débiter une morale très-applaudie ; cela fait ſans doute une Religion à part ; & même le bruit court dans la Province, qu'il y a un Patriarche de l'Opera : la renommée nous le repréſente ſous les traits vénérables de Muſée, qui chante des vers parmi les Héros des Champs éliſiens ; mais par malheur nous ne connoiſſons ici pour l'eſtimer que ſon Horace & ſes Cantiques.

La Guerre accoutumée qu'elle eſt à briller dans le Lirique du Theatre, peut bien auſſi paroître dans le Lirique de l'Ode : mais auroit-on jamais pû croire, ſans une très-poëtique revélation de l'Abbé, que Louis fût redevable de ſes Conquêtes aux conſeils admirables de l'enfer : j'ai toujours lû que le Ciel gouvernoit la terre ; autrefois les Dieux partageoient les ſoins de l'Empire avec les Rois : *Diviſum Imperium cum Jove Cæſar habet.*

Déſormais nous marcherons ſous les auſpices des enfers ; les Cieux n'ont plus de puiſſance ; & ſans l'entremiſe du Tartare, nous n'aurions point de Conquêtes ; ſot que j'étois ! dans mes idées poëtiques, j'euſſe attribué nos triomphes à la protection de quelque Dieu tutelaire, comme on l'a toujours pratiqué ; le Génie puiſſant, qui veille ſur la France, en auroit eu peut-être tout l'honneur ; ou plutôt dans un bel entouſiaſme, j'aurois imaginé que Louis le Grand, qui donna tant de Conſeils de Paix avant de s'éclipſer aux yeux de la France, fût deſcendu, ſi vous le voulez, de l'Olimpe, où ſa grandeur repoſe parmi les Dieux, pour donner à Louis XV. des conſeils de guerre conformes aux tems, & à l'honneur de sa Couronne : une voix pareille, n'a rien qui révolte ; ce n'est plus un Monstre qui parle ; mais un Roi toujours attentif à la gloire de sa Race & de son Peuple.

Le fonds du sujet comporte assez bien cette idée ; elle a je ne sçai quoi de noble & de touchant, qui saisit un cœur François : il me semble encore qu'elle a de quoi me séduire, malgré toute la violence que je me fais pour adopter la révélation de l'Abbé.

Dans la Province, on trouve sous la main de ces fictions raisonnables, & notre Poëte en a profité dans son Ode sur la Campagne du Roi, selon nous, en maître habile : mais à Paris, il faut descendre jusqu'au fonds des enfers pour metrre un Monstre aux trousses de Louis. La belle découverte ! vous êtes des esprits bien étranges, vous autres Parisiens, de mépriser ainsi les plus nobles idées, par la raison, je crois, que des têtes Provinciales auroient pû les imaginer, & qu'il faut à notre admiration de l'extraordinaire, jusqu'à l'absurdité : vos beaux esprits rougiroient en leurs vers monstrueux,

S'ils pensoient ce qu'un autre a pû penser comme eux.

Mais que produisent leurs efforts ? Horace l'a prédit ; tant d'imagination n'enfante que le ridicule.

Qui variàre cupit rem prodigialiter unam,
Delphinum Silvis appingit, fluctibus aprum.

Pesons tout au poids de la régle & du goût. Sur le principe que chaque espéce de Poësie a son caractére distinctif, propre, essentiel ; peut-on croire en vérité, que les grands tours épisodiques, & les discours réiterés, conviennent à la lire, dont le chant ne respire que les beaux transports, & les nobles mouvemens ? Si l'Ode est noyée dans une mer d'idées accessoires, étrangéres, redondantes ; que devient son activité, son feu, son beau désordre? Ce n'est plus sa marche rapide, hardie, escarpée, & vous cherchez l'Ode dans l'Ode même. Le didactique, le superflu, l'excès épisodique de celle-ci ne sont que trop sensibles: on va de discours en discours; comme on va de conquête en conquête; les faits y passent en revûë, chacun dans son poste de tems, bien munis (je vous assure) de tous les secours poëtiques, & chargés de leurs circonstances jusqu'à l'accablement.

Douterez-vous après ces réfléxions, & sur vos propres lumieres, que le fond de l'Ouvrage ne soit mauvais, & l'ordonnance déraisonnable: venons au détail. Il me seroit trop ennuyeux de vous en dire tous les défauts, & à vous de les entendre: quelques-uns suffiront pour juger du reste.

Je me souviens encore (tant les impressions de la jeunesse sont durables) d'avoir oüi dire à notre *Magister*, dans ses explications Oratoires, que l'exorde étoit comme un Portail qui doit répondre à l'édifice, & l'annoncer: si le bon-homme disoit vrai, tous ces monstres qu'on vous met à l'entrée de l'Ode, vous annonçent donc une Ode monstrueuse: c'est le portail d'un édifice infernal: je ne voudrois pas répondre que les tentations de S. Antoine, n'eussent occasionné ce grotesque lirique.

L'ombre du trépas l'environne.... se dit-il, bien de celui qui porte la mort, ou de celui qui la reçoit; ne peut-on pas s'y méprendre? Consultons un peu l'usage: il veut le contraire. Mais comment donc Louis a-t'il versé tant *de bienfaits* sur *des rivaux mercénaires?* Est-ce verser des bienfaits que de ne pas déclarer la guerre, & de la différer? L'Auteur veut-il désigner une paix achetée par des bienfaits? C'est une bévûë, que tout autre que l'Abbé ne voudroit pas faire: mais le zéle emporte le Prédicateur, comme on le voit assez par sa Dé idamie.

La guerre qui veut gagner le Roi, peut-elle se dire coupable de forfaits ? Quels moyens d'engager un Prince vertueux ! ce néant de l'indolence auquel on arrache un jeune Lion ; ce tendre assoupissement dans les bras de Déidamie sont du joli, s'il en fut jamais ; & toute la strophe est drole, pour moi je n'y vois qu'une allusion innocente : un Abbé de Paris, grand Orateur de l'ordre, ne va pas manquer de respect à son Roi : ce n'est qu'un heureux coup de l'art qui rend l'operation de la guerre plus difficile, pour rendre sa gloire plus complette.

On pourroit tout au plus dire en badinant : mais l'Abbé, tu ne fais sommeiller ton Héros que pour avoir le plaisir de le réveiller : on sçait que Dom Quichote se figuroit des monstres pour les combattre : est-ce bien là le délire du Parnasse ?

Troye est long-tems à tomber : faut-il nécessairement dix vers, comme il fallut dix ans pour sa chûte ? & l'exemple d'un si long siége doit-il beaucoup animer le Héros ? *Des yeux de carnage affamés....* cette faim dans les yeux est nouvelle, & me paroît un peu forte.

Dans cette harangue, comme dans les autres, la guerre n'a pas le ton militaire ; elle allonge ses raisons, ses histoires : on ne voit qu'une figure appellée dans les Colléges, l'*extension*, si je ne me trompe : on ne rencontre que des pensées *exornatives*, & que l'art tire par tous les bouts pour fournir à la strophe ; que des traits allongés, & qui vont se perdre : point de ces coups de pinceau vifs, forts & hardis, tout est d'un stile surchargé, & trop, pour ainsi dire, *circonlocutoire* ; que l'Observateur admire, mais que les ignorans même, n'admirent pas : de longues descriptions, des images étenduës, du fastueux verbiage ; voilà le mérite, & le goût dominant de l'Ode.

Quelle différence de ce Lirique à celui de Rousſeau ! & que l'Abbé confirme bien par lui-même ; l'éloge ſi juſte qu'il donne à ce grand Poëte, en le diſant par la bouche du Public :

> Admirable pendant ſa vie,
> Irréparable après ſa mort.

Je conviendrai que l'Abbé ſçait coudre habilement des rimes, que leur richeſſe brille dans ſes Ouvrages, que ſes Lettres en ſont fort joliment nuancées : mais il en eſt dans ſon Ode, que je n'approuverois pas : *leve*, *éleve* - *avance*, *devance* - *appareils*, *pareils*, ne ſont-ils point trop marqués ; vont-ils bien enſemble ? Mais ſon mérite le plus décidé, c'eſt de rimer richement, & d'avoir la poëſie à la main : cet éloge de ma part ne ſera point ſuſpect ; je lui rends juſtice.

En parlant de la rime, on lui ſacrifie la juſteſſe dans un endroit : & *lance* qui rime à *s'élance* flatte l'oreille, mais révolte le bon ſens. L'épée, ce beau préſent de la guerre, doit-elle devenir *lance* dans les mains de Louis, ſi ce n'eſt pour rimer ?

Je ne voudrois pas non plus, que Bellone en parlant au Roi, l'appellât ſon *fils*, parce qu'on ne peut oublier, que cette Bellone étoit un horrible Monſtre au commencement de l'Ode : ce qui nous rappelle le tableau d'Horace ; mais on le voit ici renverſé : car l'Ode eſt Monſtre par le haut, & beauté par le bas, avec tous les aſſortimens : *Undique collatis membris*... la *Divinité barbare* s'embellit par les chemins, & devient une Bellone que j'aimerois aſſez, ſans ſon intempérance de langue.

En la place de l'Abbé, je retrancherois dans une ſeconde Edition beaucoup de ſtrophes, & je rectifierois le reſte. Le ſacrifice tomberoit ſur la *Bergére*, & ſur le Rocher, comparaiſons trainantes, oiſives, à longue queuë. L'idée de ces Moutons fugitifs, nous prépare mal à l'image effrayante qui succéde : elle représenteroit mieux la fuite de ces aimables Enfans, qui se cachent à la vûë d'un fier Préfet de Collége, quand il les surprend occupés à des jeux innocens.

Pour le *Rocher* qui fait le tiran des Mers, & qui roule au sein de Neptune, après qu'il a servi de joüet aux vents, & de matiere à toute la strophe, je ne voudrois point qu'il figurât dans mon Ode, ou du moins je l'abbattrois en trois ou quatre vers, sans qu'il fut besoin pour cela d'amener une armée de grands mots autour de lui, comme on a fait autour de Troye : eh! pourquoi donc, l'Abbé met-il précisement dix vers à renverser les Villes & les Rochers ; & même à faire fuir une Bergére ?

Ce retranchement rapproche les faits essentiels ; on donne plus de jour à l'Ode ; l'action en a plus de force, plus de vivacité.

D'abord ma Bellone, sans tout cet attirail d'enfer ; ou bien Pallas, si je l'avois choisie par goût, paroîtroit devant le Roi sans frapper à la porte (ce qu'elle n'a fait qu'à cause de *la cohorte*) & lui adressant la parole, dans le tems qu'il délibereroit sur la guerre présente, elle prononceroit un discours vif, guerrier, patétique ; digne enfin d'elle & du Prince.

Le récit que la guerre fait de ses prouesses à l'égard d'Achile étant déplacé, pour ne pas dire indécent, je le sacrifierois par devoir. Le Roi n'entendroit parler que des Héros de sa race ; lui falloit-il des vertus surannées pour l'exciter ? Il est Bourbon, Successeur de Louis le Grand ; ce qui acheve son éloge, il est vraiment Roi : la moindre étincelle, jettée dans son ame, n'allumoit-elle pas ce feu héroïque qu'on a vû depuis éclater ?

Je renverrois Titus, dont les efforts ont été consacrés par la cendre éparse de Solime : Achile le Grec,

& Titus le Romain, ne sont point là fort nécessaires. Je prendrois quelques vers de la strophe suivante, où brillent les Ancêtres de Louis, & dans un beau transport, je m'écrierois de toutes mes forces liriques :

Quelle Divinité brillante
Vers Louis adresse ses pas ?
A son égide étincelante
Mes yeux reconnoissent Pallas :
Tandis que mon Roi délibére,
Moins craint, mais plus grand que Tibére
Dans un Sénat * majestueux ;
Préparant des travaux insignes,
Elle éclate en ces mots si dignes
D'un silence respectueux.

Grand Prince, il est tems de connoître
La gloire, & les périls de Mars ;
Pallas t'appelle ; je fais naître
Les Héros sous mes Etendars :
Viens, par un noble apprentissage
Joindre en toi le guerrier au sage,
Pour venger l'honneur de ton rang :
Reçois de ma main cette épée ;
Aux infernales eaux trempée
Elle doit l'être dans le sang.

Je sçai que mon pouvoir suprême
Ne fût jamais l'appui du tien ;
Que l'éclat de ton diadême
A la clémence pour soutien ;
Mais de tes rivaux mercénaires,
Yvres d'exploits imaginaires,
Je crains les insolens propos ;
L'ennemi que ta vertu blesse
Donneroit le nom de foiblesse
A ton pacifique repos.

Suis-moi ; les plus belles conquêtes
Seront le prix de ta valeur,
Quand ton sein parmi les tempêtes

* Le Conseil.

S'embrasera de ma chaleur :
Ce n'est qu'en marchant sur ma trace
Que les Conquérans de ta race
Ont vû tous leurs pas annoblis;
Au haut du Temple de Mémoire,
Sans les aîles de la Victoire
Ils n'eussent point porté tes Lis.

Mon Pégase est essoufflé de la course : quels transports ! reprenons, s'ils vous plaît, nos sens & nos remarques. Ce début n'a rien de monstrueux ; & le discours est sur le ton de Pallas ; je ne sçai pas, étant Provincial, si c'est le ton de la bonne Compagnie, dont l'Abbé se mocque dans sa Lettre.

Vous me trouverez, sans doute bien hardi, de lui corriger ainsi son thême : le péril est grand, je l'avoüe ; mais aussi ce jeune Poëte en a-t-il grand besoin, & j'ai la manie de faire le Maître, quand je trouve des Ecoliers. Puisse l'arriere-petit-fils de la niéce de Malherbe en profiter, & s'instruire dans la Correction Provinciale, mieux qu'il n'a fait dans l'Exemplaire de son Ancêtre. Mais tâchons de rajuster l'Ode entiere ; c'est tourner contre lui-même ses armes qu'il croit victorieuses, c'est le percer de ses propres traits.

La strophe, où le Monstre part avec le Roi, n'étale qu'une énumeration d'effets, peu judicieux ; exemple frappant du mauvais délire. Car enfin, si la guerre qui parle à Louis dans son char, a la bouche empestée, comment soutenir sa compagnie & ses discours : une haleine infectée n'est-elle pas un supplice ? Par elle les fleurs & les fruits sont dessséchés ; le Roi seroit-il à son aise ?

La fureur de décrire est le démon familier de l'Abbé : pourvû qu'il fasse de vastes peintures, il s'embarasse peu du point de vûë. La guerre en général est bien telle qu'il la dépeint ; mais devant le Roi, qu'elle amene sur son char, doit-elle exhaler un souffle contagieux ? *Non erat his locus....*

Des guerriers avides de tarir la ſource d'un ſang reſpecté par la mort, & dont l'ame ravie puiſant une nouvelle vie dans les yeux du Roi, ne reſpire que le trépas : tout cela me paroît alambiqué, trop ſubtil, affecté ; c'eſt du ſtile précieux. Si les vieux Militaires ſont maîtres du ſort, peuvent-ils recevoir, ou reſpirer le trépas ?

Je m'imagine qu'il en coûtera beaucoup au cœur de l'Abbé, pour faire le ſacrifice de ſa Bergére : mais je ſuis un Mentor infléxible, homme à ſéparer Télémaque d'Eucharis, quand le devoir l'ordonne. La moitié de la ſtrophe ſuivante, iroit bien après une comparaiſon vive & convenable au ſujet. Le *Lion Belgique* feroit moins de grimaces à l'approche de Louis, & pour le peindre dans ſa défaite, je mettrois moins d'eſprit, mais plus de force. L'épée nous ſerviroit ſans devenir *lance* ; & Louis ſçait mieux la manier.

N'allons point dire que ſes ſoldats ſont ébloüis de ce que rien n'épouvante ſon ame : la non-épouvante, ébloüit-elle les yeux ? Y trouvez-vous de la ſplendeur, de la lumiere, de l'éclat : reprenant donc mon bel entouſiaſme, je pourſuivrois ainſi mon Ode ſur les Conquêtes.

Elle dit : le Héros ſurmonte
L'amour de ſon cœur pour la Paix ;
Sur le char de Pallas il monte,
Et fend les nuages épais :
Il voit les enfans de Bellone ;
Dans leurs veines le ſang boüillonne
Prêt à s'élancer ſur ſes pas :
Et cœurs prodigues de leur vie,
Ils n'ont plus que la noble envie
De mériter un beau trépas.

Tels qu'on voit fuir dans les campagnes
Des troupeaux les noirs bataillons,
Lorſque deſcendant des montagnes

Un tigre franchit les sillons :
Tel l'ennemi que suit la foudre
Sous ses pieds fait voler la poudre ;
Et l'on ne voit de toutes parts
Que vils esclaves de la crainte
Se précipiter dans l'enceinte
De leurs inutiles remparts.

Tout tremble au bruit épouvantable
D'un nouvel Alcide en chemin,
Armé du fer inévitable
Il porte la mort dans sa main :
Vainement le Lion Belgique
Suspendant son destin tragique
Remplit l'air de rugissemens ;
Louis sur les murs qu'il renverse
Le poursuit, l'atteint & le perce
Dans ses derniers retranchemens.

Comment donc, je deviens Poëte : c'est l'Abbé qui fait ce prodige là ; je ne suis plus maître de ma verve.

Facit indignatio Vatem...

Mais venons au second discours que la Guerre débite sous le nom de Bellone ; métamorphose qui ne lui convient point, étant personifiée. On pourroit conserver les deux premieres strophes, & je voudrois adresser moi-même la parole au Roi, pour lui témoigner ma juste admiration. Un cœur François a de ces transports généreux.

Pour l'animal farouche qui s'enfuit de Menin, qu'il disparoisse aussi de l'Ode : il n'y mettroit que de la confusion, avec ces étincelles d'embrasement qu'il fait voler dans les marais de Bruxelles : les marais ne manqueroient pas de les éteindre, & quel effet produiroient-elles ? le Rocher ne conservera que sa fermeté : mais Ypres ne se dira plus sublime ; les Villes sont-elles sublimes pour avoir des boulevars ? Ah que l'Abbé me lasse par ses descriptions ! il ne rencontre point d'objets qu'il ne convertiſſe en grands tableaux : c'eſt un amas d'hypotipoſes verſifiées.

Ne voilà pas encore ſa Bellone qui ſe plante là ſur des monceaux de funérailles pour babiller : mais rallumons notre feu poëtique, & qu'il aille embraſer le Roi dans ſa courſe : on peut lui parler ſans qu'il s'arrête : il n'en a pas le tems ; un Héros tel que lui vole toujours, & je ne ſçais que la mort qui puiſſe l'arrêter.

Acheve ta vaſte carriere
Grand Prince, & triomphe à nos yeux ;
Pallas qui t'ouvre la barriere
Fait revivre en toi tes Ayeux :
Long-tems elle a pleuré leurs cendres,
Tu lui rends tous ces Alexandres
Fiers défenſeurs de ſes Autels ;
Ta tête de lauriers couverte
Peut la conſoler de la perte
De tes Ancêtres immortels.

Mais tandis que ma voix rapide
Le ſuit au milieu des hazards,
Quel eſt ce guerrier intrépide
Qui brave les horreurs de Mars ?
Mes yeux peuvent-ils méconnoître
L'auguſte ſang qui le fit naître
C'eſt un Bourbon, le ſang des Dieux :
Clermont tonne, le Ciel s'embraſe,
La foudre gronde, tombe, écraſe
L'antre du Lion furieux.

Comme un Roc ſourcilleux & ferme,
Par ſes boulevars redoutés,
Ypres prétendoit mettre un terme
Au cours de nos proſpérités :
Le Vainqueur de Menin s'élance,
Le ſoldat que la mort dévance
Le ſuit plus prompt que les éclairs ;
Déja les portes ſont briſées
Et ſoudain les tours embraſées
Volent en cendre dans les airs.

Sur le débris de cent murailles ;
S'élevant un trône inhumain
Mars parmi tant de funérailles
Triomphe le fer à la main :
Son œil farouche au loin contemple
Tous les peuples qui dans son temple
Rendent hommage à ses fureurs :
Son ame de joie enyvrée
Voit la terre aux combats livrée
Et s'applaudit de ces horreurs.

Courage, Muse, courage. Il ne reste plus que le troisiéme discours ; où je trouve des Rocs renaissans, l'orgüeil des Monts démenti, & les Alpes qui lisent dans l'histoire : idées révoltantes, emphatiques, obscures, qui n'ont rien de sublime. Le Rhin vient ensuite gémir que son onde favorise les efforts du Lorrain : il est Dieu, que ne l'empêche-t-il ? Que ne fait-il comme l'Araxe qui renversa le Pont qui l'enchaînoit.

Pontem indignatus Araxes.

La pénultiéme strophe fait une fin brillante : car pour la derniere, qu'il n'en soit plus parlé : Bellone, lassée apparemment de babiller, ne sçait plus ce qu'elle dit en partant : lui convient-il de plonger dans les abîmes du noir Tartare les victimes de la Guerre, qui sont toujours des mânes honorables, & souvent de braves Officiers ; elle peut s'en retourner aux enfers, sans qu'on la regrette ; nous ferons plus d'honneur aux cendres de nos Guerriers ; la Mort les conduira dans le Temple de la Gloire, & la Patrie ne cessera de pleurer sur leurs tombeaux. Je finirois donc ainsi mon Ode sur les Conquêtes.

A ses regards quel doux spectacle !
Il voit les Alpes s'abaisser ;
Conti ne trouve plus d'obstacle
Que son bras n'ose renverser. . .

Mais quel bruit frappe mon oreille ;
Et quel faux espoir vous réveille
Soldats, du superbe Lorrain ?
Pour abbattre un orgueil frivole,
Loin de l'Escaut le Héros vole ;
Pallas le conduit sur le Rhin.

Crains peu, lui dit-elle, des ligues,
Ouvrage insensé de l'erreur :
Ah ! contre toi par tant d'intrigues
Que peut l'impuissante fureur ?
Louis sous vos cypres funébres ;
Peuples trop vains, dans les ténébres
Ensévelira vos forfais ;
Et ses mains en palmes fertiles
Des débris fumans de vos Villes
Bâtiront un Temple à la Paix.

Voilà donc l'Ode réduite à la moitié, ramenée au bon sens, & purgée de ses défauts : s'il coule encore des ruisseaux infectés, c'est que la source est trop empoisonnée.

J'ai commencé le grand Ouvrage de la Correction Provinciale, mon ami l'achevera par son Ode sur la Campagne du Roi : plusieurs lectures qu'il m'en a données, m'ont laissé dans la mémoire des traces si profondes, qu'il me seroit facile de vous la rapporter toute entiere ; marque certaine de la bonne poësie, dont la force dans les images, & l'ordre dans les idées, enfin les tours heureux, & les belles liaisons des pensées, font cette impression qui frappe les sens, les pénétre, & s'y grave. Mais j'aurai la méchanceté de ne vous en dire que le début ; ce qui vous donnera, sans doute, de l'impatience pour le reste : il faut un peu vous faire acheter le plaisir.

L'entrée de l'Ode a du neuf ; je lui trouve une petite pointe de sel qui la rend très-appetissante, passez-moi le terme.

La chute d'un nouvel Icare
Doit-elle me glacer d'effroi ?
Eſt-ce un crime, ſi je m'égare
En ſuivant les pas de mon Roi ?
Rompons une indigne barriere,
Et comme lui dans la carriere
Marchons à travers les hazards ;
Dieu des vers, entre dans mon ame ;
Que l'amour des Lauriers enflâme
Les Horaces & les Céſars.

Voilà ce que j'appelle un exorde : c'eſt un Portail de goût que celui-là. Qu'il annonce bien l'édifice ! peut-on débuter avec plus de force, de juſteſſe, & de varieté ? Quels objets encore nous ſont offerts dans cet eſquiſſe ! la chute d'un nouvel Icare ; (c'eſt l'arrêt du Public, énoncé poëtiquement) : la grace du Poëte, ſi le zéle pour ſon Roi vient à l'égarer (c'eſt une précaution lirique dont l'Abbé n'uſe pas dans le beſoin) : la réſolution de courir les hazards à l'exemple du Roi (ce tranſport eſt un coup de maître pour la loüange) : une invocation vive, qui promet de l'entouſiaſme (l'Abbé la jugeoit inutile ; elle n'eut pas operé dans ſon Ode) & une exhortation aux grands Poëtes, qui ſemble exclure le nouvel Icare (on les flate par l'image de ces Lauriers qu'ils partageront avec les Héros.

Qu'en dites-vous ? Ces penſées ſe montrent ſans faſte, s'arrangent ſans effort, ſe produiſent ſans affectation : ce ſont des ondes que l'on voit en arrivant ſur le rivage ſe pouſſer vivement, & par leur chute qui ſe précipite en cadence annoncer une Mer agitée. Imaginez-vous encore un beau Jardin où l'œil du Spectateur ſe proméne agréablement ſur l'émail des premieres fleurs, qui ſemblent le conduire à d'autres, & comme l'engager dans le plaiſir. Quel contraſte de cette entrée, avec le début monſtrueux ! dans le reſte de l'Ode les penſées brillent, mais n'ébloüiſſent pas ;

frappent, mais ne fatiguent pas; portent, mais n'accablent pas: & si l'imagination est bien servie, ce n'est point aux dépens du goût ni de la justesse.

Un jeune Poëte qui prend la lire en main se guinde aisément dans les airs, & s'envole sur les aîles d'un vain délire par-delà les nuës; il perd haleine, & s'égare dans sa route: c'est le vol des Ecoliers. A quoi sert un Pégase sans bride? Le chemin qui méne le voyageur doit-il être incertain? Il faut dans le début l'idée d'un plan raisonnable: on doit y trouver comme la semence de toutes les fleurs qui vont éclore, ou plutôt y voir des étincelles d'un grand feu qui va tout embraser.

Que l'on compare les deux exordes; on verra par eux le caractére de tout l'Ouvrage. L'un semble vous promettre beaucoup d'images, mais chargées, confuses & traînantes: il s'accroche déja à toutes les branches de la description; on prévoit un Poëme diffus, & allongé, dont les strophes périodisées étaleront chacune leur pensée régulierement, & pas davantage. L'autre au contraire vous annonce une poësie vive, animée, pleine d'images, grandes sans longueur, & variées sans confusion: enfin il paroît qu'il a dessein de vous épargner les circuits ennuyeux de paroles, & qu'il n'a pas le tems de s'arrêter à toutes les circonstances: sa marche est déja rapide, & la course ne sera ni longue ni fatiguante, de l'air dont il la commence: qui ne se feroit un plaisir de le suivre?

Vous trouverez par tout le ton de la bonne poësie: c'est du feu, du transport, & du sentiment; mais toujours du vrai, du naturel, & de l'agréable. Les beautés y sautent aux yeux: quels coups de pinceau! c'est-là de la peinture dans la poësie; mais une peinture nette, aimable, dégagée. Par un beau désordre, il vous transporte d'abord à Mets, pour vous effrayer à la vûë de ſon Héros expirant : mais il vous fait ſoudain revivre avec lui : ſon art, excelle à peindre les réjoüiſſances ; & les feux d'artifice, ſemblent éclater à vos yeux.

Quelle Majeſté dans ce qu'il dit de la puiſſance des Dieux & des Rois ? Et que ſon Héros y paroît grand : Louis XIV. deſcend, & fait un Diſcours, où toutes les Conquêtes du Roi ſont retracées vivement, mais comme par hazard. Il ſemble qu'il ne puiſſe ſe refuſer au plaiſir de loüer nos Princes & nos Héros, il eſt comme emporté par la matiere. Il donne ſon épée, & compte en partant ſur l'effet d'un ſeul diſcours. Le Roi veut ſe venger ; les ennemis ont diſparu ; mais comment ce plan eſt-il exécuté ? Vous le verrez & vous l'admirerez.

C'eſt une imitation peu fidéle de l'Ode ſur les Conquêtes, où l'Abbé peut reconnoître à des traits ſenſibles, combien le jugement & le goût, doivent l'emporter ſur le bel eſprit : mais il me ſiéroit mal de prévenir le Public ; c'eſt le reſpect que j'ai pour lui, qui m'a fait entreprendre cette Correction, de l'Abbé, dont je releve les beautés véritables ; ainſi que les défauts : qu'il reſpecte mieux ce Public, ou la Province le chatira, ſi Paris ne veut pas le faire. C'eſt un des Cerbéres du Parnaſſe qui lui abboye cet avis charitable.

Canis ſum, & allatro : furem video.

Au reſte j'approuve fort ſon zéle, lui qui fait le ſacrifice de ſa gloire poëtique, pour chanter ſon Roi victorieux ; en quoi je trouve plus de grandeur d'ame, qu'à lui donner ſa propre vie : il mérite bien d'en être récompenſé, je ſouhaite qu'il le ſoit : cela nous rappelleroit le Chérile d'Alexandre.

Sic capitur minimo thuris honore Deus.

Les ſentimens de pénitence viennent ſur la fin de la vie ; les ſentimens de générosité, ne viendroient-ils pas ſur la fin de la Critique ? des cœurs Américains ſont naturellement généreux. Que le deſtin ne m'a-t-il mis à portée de ſervir cet Abbé, & de donner à l'amitié, ce que je donne à la Critique ? Il a de l'eſprit ; & même des traits de génie perçent à travers les broüillars, que le mauvais goût & le peu de travail ont laiſſé répandre dans ſon Ode : quel dommage, qu'il n'ait pas d'amis véritables ; ou s'il en a, qu'il ne les conſulte pas ! Le ſecours de l'étude, & plus encore les lumieres des Connoiſſeurs, peuvent diſſiper tous ces nuages qui ſemblent obſcurcir ſon génie ; qu'il conſulte, qu'il travaille : je ne ſçache rien au monde de plus admirable qu'un grand eſprit.

Je ſens du regret de ne vous avoir regalé que de l'Exorde, en vous donnant un avant-goût de l'Ode Provinciale ; & comme je ſuis en train de faire le généreux, vous aurez encore la Péroraiſon :

O France, ton puiſſant Génie
Tient le glaive pour te venger ;
C'eſt au ſein de la Germanie
Qu'en Vainqueur il doit le plonger :
Veille ſur nous, DIEU tutélaire,
Que ta ſageſſe nous éclaire
Parmi ces nuages épais :
Ou plutôt poſant ton tonnerre
De tous les débris de la Guerre
Eleve un trophée à la Paix.

FIN.

Par un Américain.